AF349719

BERNARD H. GAUSSERON

LE CORBEAU

POÉME

BERNARD H. GAUSSERON

LE CORBEAU

POÈME

IMITÉ D'EDGAR ALLAN POË

———— ❧ ————

PARIS

IMPRIMERIE DE A. QUANTIN

7, RUE SAINT-BENOIT

1882

LE CORBEAU

’ÉTAIT minuit. L’heure était lourde.
Je rêvais, faible et harassé,
Repassant dans ma tête gourde
Mainte histoire du temps passé.
Ma tête tombait, assoupie,
Quand à ma porte l’on frappa ;
A ma porte quelqu’un tapa
Doucement, comme d’un doigt pie ;
Et, dans ma cervelle alourdie,
Entendant à ma porte un tel bruit, je conclus :
    « Quelque visite, et rien de plus. »

Ah! je m'en souviens bien. Décembre
Était âpre. Mon feu mourant
Jetait des ombres dans ma chambre,
Spectres sur le plancher courant.
J'attendais ardemment l'aurore.
Dans mes livres j'avais en vain
Cherché remède à mon chagrin,
Chagrin d'avoir perdu Lénore,
La pure enfant qu'au ciel encore
Lénore on nomme, astre aux feux pour nous disparus,
Que sur terre on ne nomme plus.

Un bruit d'étoffe qui se froisse
Dans mes rouges rideaux soyeux,
A mes yeux ouverts par l'angoisse
Évoquait des spectres hideux.
Mon cœur battait, battait trop vite.
Je me levai pour l'apaiser,
Me répétant, sans avancer :
« C'est quelqu'un qui frappe à mon gîte,
Quelqu'un d'attardé, qui s'invite
A partager ma veille et mes moments perdus ;
C'est cela même, et rien de plus. »

Là-dessus je repris courage.

« Monsieur, ou madame, vraiment »,

Dis-je sans douter davantage,

« Excusez-moi d'être si lent.

Le sommeil fermait ma paupière

Quand si doucement on frappa,

Quand si faiblement on tapa ;

Et certes je ne croyais guère

Que quelqu'un était là derrière. »

Toute grande j'ouvris ma porte, et n'aperçus

Que la nuit sombre, et rien de plus.

Fouillant de l'œil cette nuit sombre,

Je restai là longtemps, cherchant,

Doutant, craignant, rêvant dans l'ombre

Ce que n'a rêvé nul vivant.

Mais, dans l'obscurité sonore,

Le silence régnait, profond.

Rien ne l'interrompit, qu'un nom

A peine murmuré : Lénore !

Il sortit de ma lèvre encore,

Et l'écho renvoya, son lointain et confus,

Ce nom : Lénore ! et rien de plus.

Puis je rentrai, lassé d'attendre,
Toute mon âme en moi brûlant,
Lorsque bientôt se fit entendre
Un coup plus fort qu'auparavant.
« Voyons ! » dis-je. « C'est ma fenêtre
Qui fait ce bruit assurément.
Que mon cœur soit calme un moment !
C'est un mystère à reconnaître.
Voyons donc ce que peut bien être
Ce mystère qui rend mes sens irrésolus !...
Quoi ! c'est le vent, et rien de plus. »

A ces mots j'ouvris la croisée.
Voletant, décrivant maints tours,
Entra, la plume hérissée,
Grave, un corbeau des anciens jours.
Sans faire la moindre courbette,
Il passa devant moi, hautain :
Dame ou seigneur pleins de dédain
N'auraient pas fait mieux. Cette bête,
Près de ma porte, sur la tête
D'un buste de Pallas s'assit, et là-dessus
Resta perchée, — et rien de plus.

Ce vénérable oiseau d’ébène,

Si sévère et majestueux,

En sourire changea ma peine;

Et, d’un ton fort respectueux :

« Quoique chauve et plumé », lui dis-je,

« Tu ne crains rien, ô vieux corbeau

Qui sors de la nuit du tombeau

Et m’arrives, comme un prodige,

De ces bords que Pluton dirige!

Maître, quel est ton nom chez les sombres élus? »

Il me répondit : « Jamais plus. »

Que cette laide volatile

M’entendît, cela m’étonna;

Mais sa réponse était futile;

Aucun sens n’était caché là;

Car on conviendra que nul être

Humain n’eut jamais la faveur

De voir ce spectacle flatteur

D’un animal, quel qu’il puisse être,

Entrer la nuit par la fenêtre,

Monter sur quelque buste, et, perché là-dessus,

Répondre au nom de Jamais plus.

Le corbeau se tut, solitaire,

Sur le buste calme perché ;

En ce seul mot son âme entière

Il avait sans doute épanché ;

Rien de plus, pas une parole ;

Pas un duvet ne frissonna.

« Ah ! » dis-je. « Les amis qu’on a

Fuient loin de vous à tour de rôle.

Faut-il que celui-ci s’envole

Demain, comme l’ont fait tous mes espoirs déçus ? »

Et l’oiseau dit : « Non, jamais plus. »

Cela tomba dans le silence

Avec un étrange à-propos.

J’en tressaillis ; puis : « Quoi ! j’y pense ! »

Dis-je : « C’est là son stock de mots.

Il les a pris de quelque maître

Que l’infortune poursuivait

Et qui d’autre refrain n’avait ;

De quelque maître qui, peut-être,

Ayant vu l’espoir disparaître,

N’avait plus, dans le glas de ses bonheurs perdus,

Qu’un refrain : Jamais, jamais plus ! »

Mais, le corbeau changeant ma peine
En sourire encore une fois,
En face de l'oiseau d'ébène
Et du buste alors je m'assois.
Puis dans le velours de mon siège
Je m'enfonce, et là, sans parler,
Laisse mon rêve à flots couler.
« Que veut dire l'oiseau », pensais-je,
« L'oiseau qui sur ma Pallas siège,
Vieux, maigre, grimaçant, sinistre et laid intrus,
En croassant son Jamais plus? »

Je restais, sondant ce problème,
Mais ne disant rien à l'oiseau
Dont l'œil brûlait jusqu'au fond même
Et ma poitrine et mon cerveau.
Je suivais au vol mes chimères.
Sur les doux coussins de velour
Mollement posait mon front lourd.
La lampe épandait des lumières
D'en haut sur les nuances claires
Des coussins de velours où près d'elle je fus,
Hélas! et ne la verrai plus.

Puis je crus que dans l'air plus dense
Montait l'odeur d'un encensoir.
Du Séraphin qui le balance
J'entendais les pas, sans le voir.
« Ah ! » m'écriai-je. « Dieu, qu'implore
Le malheur, sur ton front pâli
Verse le repos et l'oubli ;
Le repos, l'oubli de Lénore.
Oh ! bois cet oubli ; bois encore
Cet oubli bienfaisant des chers amours perdus ! »
Le corbeau dit : « Non ; jamais plus. »

Fils du mal ! » repris-je. « Prophète !
Oiseau fatidique, ou démon !
Que Satan ou que la tempête
T'ait jeté jusqu'en ma maison,
Désespéré, mais plein d'audace, —
Jusqu'en ce désert enchanté,
En ce lieu par l'Horreur hanté, —
Oh ! dis-moi, fais-moi cette grâce !
Est-il un baume en quelque place,
Un baume pour les maux sur mon cœur abattus ? »
Le corbeau dit : « Non ; jamais plus. »

Fᴵᴸˢ du mal! » repris-je. « Prophète!
Oiseau fatidique, ou démon!
Par le ciel tendu sur ma tête,
Par ce dieu dont tu sais le nom,
A mon âme, qu'un deuil dévore,
Apprends si, dans l'Éden lointain,
Elle embrassera l'être saint,
La vierge pure qu'elle adore,
Que les anges nomment Lénore,
Qui rayonnait sur terre, et pour qui je vécus. »
Le corbeau dit : « Non; jamais plus. »

Qᵁᴱ ce mot soit notre devise
En t'éloignant, oiseau d'enfer! »
Dis-je, debout. « Dans l'âpre bise,
Dans les tempêtes de l'hiver,
Retourne-t'en sur le rivage
Du noir Pluton, d'où tu venais!
Tu m'as menti; je te connais.
Laisse-moi! Quitte cette image!
Quitte ma porte, oiseau sauvage!
Sors de mon cœur ton bec et tes ongles crochus! »
Le corbeau dit . « Non ; jamais plus. »

ET le corbeau reste impassible,

Toujours, toujours, sans être las,

Dressant sa silhouette horrible

Sur le buste blanc de Pallas;

Et ses yeux, pleins d'un éclat sombre,

Semblent ceux d'un démon rêvant;

Et la lampe en haut l'éclairant,

Porte sur le plancher son ombre;

Et mon âme s'enfonce et sombre

Dans cette ombre où, faisant des efforts superflus,

Elle s'engloutit toujours plus.

Juin 1882.